LE

VÉRITABLE REMÈDE

A TOUS NOS MAUX.

LETTRES A MON AMI ***

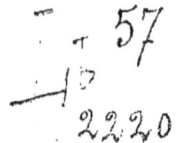

MARSEILLE

CHEZ CRESPIN, LIBRAIRE, RUE TAPIS-VERT, 59.

—

1871.

LE
VÉRITABLE REMÈDE
A TOUS NOS MAUX.

—·· ᴄᷓᴏᴄᷓᴏ —

LETTRES A MON AMI ***

————————

Le 25 septembre 1870.

MON CHER AMI,

Vous m'avez plusieurs fois demandé mon opinion sur les malheurs qui, depuis bien des années, désolent la France, sur l'état de souffrance de la société, ainsi que la gêne croissante dans les affaires ; à quoi j'en attribue la cause, et quels seraient les remèdes à y apporter.

J'ai toujours hésité de répondre à de pareilles questions, de vous exprimer d'une manière simple et naïve ma façon de penser, sachant combien nous différons de sentiments : mais puisque vous m'y contraignez, je cède à l'invitation que vous me faites. Les sciences, il est vrai, et la philosophie ne me fourniront pas de preuves pour expliquer d'une

manière toute naturelle ces fléaux qui viennent de Dieu,
mais bien mes principes. Je cède, dis-je, à la condition
expresse, ainsi que je l'ai toujours fait pour vous, que
vous respecterez mon opinion, et que vous aurez surtout
de l'indulgence pour un homme qui n'est ni littérateur ni
philosophe, mais un ami.

Vous êtes, dites-vous, frappé et affecté de cette inquié-
tude générale des esprits sur un avenir, qui paraît s'assom-
brir davantage, à cause du défaut d'entente et de justice
entre les nations ; de cette paix armée, (gage d'une sûreté
factice), qui laisse constamment entrevoir les dangers aux-
quels nous sommes exposés, comme si nous avions sans
cesse suspendue sur notre tête, l'épée de Damoclès, prête
à nous frapper.

Vous êtes affecté, dites-vous, de ces épidémies crois-
santes qui déciment les hommes et les animaux ; de ce
choléra, de ces morts subites peu communes autrefois,
aujourd'hui si fréquentes, qui causent des ravages dans
notre chère France ; de ces maladies, en un mot, qui font
le désespoir du cultivateur.

Vous êtes affecté du bouleversement des saisons, de ces
chaleurs précoces et excessives, de cette sécheresse persis-
tante qui rend infructueux les efforts du laboureur ; de ces
froids tardifs, de ces orages violents, de tous ces fléaux
enfin qui emportent les moissons et les fruits.

Vous gémissez sur la stagnation des affaires, sur cette
paralysie générale de l'industrie qui réduit à la misère un
grand nombre de familles, sur cette confiance qui dispa-

raît par suite des abus incessants qu'engendre un malaise trop longtemps prolongé ; sur ce commerce qui languit et se meurt.

Vous êtes effrayé de tant de malheurs qui affligent notre patrie. Comme vous, je les déplore ; comme à vous ils m'inspirent de sérieuses réflexions, surtout quand je considère l'état de souffrance de la société ; et c'est sous le poids d'une pareille impression que vous me demandez mon opinion, ce que je pense, et quel serait le remède à apporter à tant de maux.

La solution me parait facile, si, élevant vos pensées, vous puisez dans un ordre moral et surnaturel la cause de ces fléaux; et difficile, si votre esprit se met à rechercher des preuves physiques et naturelles.

L'homme est ainsi fait : il veut être maître absolu de toutes choses et subordonner tout à sa puissance. Son intelligence parfois lui fait défaut, et, bien que les preuves métaphysiques lui soient contraires, il veut tout expliquer et n'admettre que ce qu'il comprend. Son orgueil le rend pareil à ces anges rebelles qui bravèrent le créateur. Comme eux il est enveloppé dans d'épaisses ténèbres, et, débordé par la faiblesse de son intelligence, sa déception est complète.

C'est ainsi, que, pour expliquer d'une manière rationnelle les calamités que nous endurons depuis bien des années, l'on nous dira : que la guerre est nécessaire, pour faire disparaître, dans l'intérêt des peuples, les petites nationalités , comme si les petits États n'eussent pas été établis dans un but philantropique, pour poser des limites naturelles, aux puissantes rivalités, et éviter ainsi toute effusion de sang.

L'équilibre autrefois fut jugé nécessaire ; aujourd'hui il est en contraste avec nos idées.

La conséquence de ce nouveau système d'annexion est que les souverains, enhardis par l'envahissement de ces petits États et poussés par le désir des conquêtes, s'élancent, pleins d'ardeur, hors de leurs barrières, pareils à ces torrents impétueux grossis par la saison des pluies, qui vont porter au loin les ravages et la destruction. Les peuples alors se lèvent en armes pour résister à ces ouragans déchaînés ; ce sont des guerres sanglantes, des luttes fratricides, qui répandent partout la désolation et la mort.

On nous dira que si des épidémies, inconnues jusqu'à présent, viennent exercer des ravages chez les hommes et les animaux, ce sont des fluides, des miasmes qui vicient l'air et causent leur destruction : si les fruits de la terre, les arbres des champs sont atteints de maladies, ce sont des insectes microscopiques, des vers rongeurs qui les saisissent, et l'on cherchera vainement à les détruire et à les chasser.

On nous dira que si le printemps et l'automne sont privés de leurs chaleurs douces et tempérées, de leurs rosées et pluies bienfaisantes ; si l'été est devenu sec et brûlant ; si l'hiver, en un mot, offre des contrastes nuisibles à la végétation, tout cela résulte du dérangement des saisons et du déboisement des forêts. On nous dira encore, « que cette longue sécheresse est dans l'ordre naturel des choses ; que la température des saisons varie par périodes décennales ; que c'est ainsi que nous traversons la période de sécheresse et que nous arriverons bientôt à celle des pluies. »

Voilà, mon cher ami, où l'homme arrête ses pensées. Il ne cherche que des causes physiques et naturelles, il se contente de quelques découvertes, de quelques explications superficielles qui n'aboutissent à rien, parce qu'il ne veut pas remonter à la cause véritable, ni rechercher dans un ordre moral et surnaturel.

Que peut, en effet, l'homme sur tous les fléaux dont nous sommes atteints ? Peut-il donner naissance à ces maladies épidémiques qui déciment tous les êtres de la création ? Peut-il infecter la terre, la rendre ingrate et nuisible à ses productions ; arrêter le cours des fléaux ou agir sur l'intempérie des saisons, etc ?

Remontant à une cause surnaturelle qui est le principe de tant de calamités, je me demande pourquoi faut-il que les souverains soient assez injustes et cruels que d'exiger des victimes ? Pourquoi faut-il que des milliers de générations soient impitoyablement sacrifiées à la cruauté de leur ambition ; que les hommes eux-mêmes deviennent l'instrument de leurs caprices et de leur haine, qu'ils soient jetés et immolés sur un champ de carnage pour expier les fautes de leurs chefs ?

Pourquoi faut-il que des insectes, des miasmes, des vers rongeurs engendrent des maladies mortelles à l'espèce humaine ?

Que l'intempérie des saisons et le bouleversement de température causent la destruction des arbres et des fruits?

Pourquoi faut-il, en un mot, que nous soyons l'objet de tant de calamités ! C'est qu'il faut que la justice de Dieu s'accomplisse, et que les crimes des hommes subissent enfin leur châtiment. Dieu a pour lui le temps, mais si les hommes l'oublient, l'offensent et finissent par le braver, alors Dieu montre sa grandeur et sa justice en punissant le crime, en infligeant aux hommes des châtiments exemplaires.

Les souverains qui se livrent aux désordres d'une vie déréglée, qui donnent un libre cours aux penchants de leur cœur et à leurs vices, ne sont pas exempts eux-mêmes des foudres célestes ; et les peuples, que l'injustice de leurs actes a rendus odieux, sont frappés dans leur fortune, dans leurs jouissances terrestres ainsi que dans leurs moyens d'existence. Dieu seul est grand ! L'avenir lui appartient. Les fléaux dont il nous frappe, tels que la guerre, le choléra, le typhus, les morts subites, les varioles, sont un indice de sa grandeur : ce sont des châtiments qui nous montrent sa puissance et qui devraient maîtriser notre orgueil. Les épizooties, en causant des ravages chez les animaux, atteignent l'homme dans sa fortune et dans ses biens ; elles devraient lui inspirer des réflexions sérieuses ; mais il est semblable à ces rochers qui bravent les coups de foudre, ou à ces êtres infortunés qui ont des yeux pour ne pas voir la main qui s'agite et s'appesantit sur eux.

L'oïdium, le phylloxera, la sécheresse, les inondations, les grêles et les tempêtes sont encore des instruments de la colère divine qui atteignent l'homme dans ses moyens d'existence. Ce sont des avertissements salutaires propres à lui inspirer des craintes. Mais, lui, reste insensible, comme s'il n'y avait pas de Dieu. C'est en vain qu'il recherche dans son intelligence les moyens de vaincre cette puissance invisible, dominatrice de son orgueil, pour ne pas lever les yeux au ciel, pour ne pas les diriger vers la lumière. O inconcevable abîme du cœur des hommes ! O faiblesse humaine ! Quand reconnaîtras-tu ton impuissance et exalteras-tu le créateur ?

C'est ainsi, mon cher ami, que toutes les calamités que nous endurons sont des fléaux, de véritables châtiments à nos fautes. Dieu est bon et miséricordieux, il est lent à punir le crime, mais il est juste et sa colère est terrible. Insensé serait celui qui oserait lui résister ou pénétrer ses desseins. C'est ainsi qu'autrefois Dieu châtiait son peuple, quand celui-ci l'abandonnait ; c'est ainsi qu'il permettait que des victimes expiatoires lui fussent immolées pour le salut et le bien de tous. Tantôt il fesait passer au fil de l'épée vingt-trois mille enfants d'Israël pour avoir adoré le veau d'or, pendant qu'Aaron lui-même, dont les mains sacriléges avaient façonné l'idole était épargné. Tantôt pour expier le crime d'un Israélite avec une fille de Madian, il fait donner la mort à vingt-quatre mille hommes de son peuple, et ordonne d'exterminer tous les Madianites, hommes, femmes, vieillards et enfants à l'exception des jeunes filles, qui, pour la plupart, avaient été causes de ces désordres et pouvaient en occasionner de nouveaux. En des temps plus reculés, il enveloppe, dans les flammes qui dévorent l'infâme ville de Sodome, les enfants à la mamelle que leur âge aurait dû garantir du supplice, comme il les avait mis à couvert de la corruption. Tous ces faits, et bien d'autres de ce genre, forment l'énigme de la divinité ; malheur au téméraire qui concevrait le désir de la deviner, ou de soulever le voile mystérieux, qui cache les desseins de l'Éternel !

Dieu dit encore à son peuple par la bouche de Moïse : « Je punirai les fautes des pères sur les enfants, jusqu'à la troisième et quatrième génération,» et l'on voudrait lui demander la raison de ses vues et connaître le motif de ses rigueurs !

N'est-ce pas, en effet, un fléau terrible que cette guerre qui commence, suscitée par un souverain orgueilleux, avide d'étendre ses conquêtes, de remplir l'Europe de l'éclat de ses armes et de la terreur de son nom ? Cette guerre, dont nul encore ne saurait présager l'issue, et qui peut être un châtiment pour notre pauvre France. Ne sont-ce pas des fléaux les maux qu'elle engendre, les sacrifices qu'elle impose à tout un peuple, sacrifices qui peuvent être longs et pénibles ; le deuil qu'elle répand dans des milliers de familles en arrachant les enfants des bras de leur mère, les époux à leurs épouses ainsi que les pères à leurs enfants, pour aller répandre leur sang et sacrifier leur vie sur un champ de bataille, et satisfaire ainsi l'ambition de deux conquérants ? O terrible aveuglement des hommes, en quel état as-tu réduit le genre humain ! Et la ruine de tant de villes désolées, pillées peut-être, de tant de villes en proie à la flamme et au feu des ennemis, réduites en cendres avec leurs malheureux habitants, n'est-ce pas un fléau terrible ?

Ne sont-elles pas également des fléaux toutes ces maladies épidémiques, ces morts subites contre lesquelles la science est impuissante ?

Et ces épizooties qui exercent des ravages sur les troupeaux de bêtes à corne et à laine, comme sur les autres animaux et qui portent atteinte à la fortune de l'homme ; cet oïdium, ce phyloxera qui sont la plaie principale de l'agriculture ; ces arbres, ces plantes enfin qui meurent par suite de l'infection de la terre, et occasionnent à l'homme des pertes incalculables; toutes ces maladies en un mot ne sont-elles pas des fléaux ?

Oui, ce sont des fléaux qui, joints à l'intempérie des saisons, à l'interruption des affaires, à la paralysie générale de l'industrie, atteignent l'homme dans sa fortune, dans ses jouissances, ainsi que dans ses moyens d'existence ; ils le frappent encore dans sa vie, dans ses affections et dans ses besoins.

Ce sont des fléaux, puisque les sciences humaines ne peuvent trouver une solution qu'en reconnaissant que c'est un châtiment de Dieu.

Mais j'ai prononcé le nom de Dieu, ce nom qui excite la pitié de l'incrédulité, ce nom qui effraie les hommes sans foi et sans mœurs, ce nom enfin, que l'on voudrait ne jamais prononcer et faire oublier. Malgré ce que l'on puisse songer ou dire de moi, malgré ce que vous puissiez songer vous-même, mon cher ami, il est évident que Dieu dans sa justice nous inflige des châtiments de toutes sortes.

N'est-ce pas ainsi en effet, qu'il traitait autrefois son peuple Hébreu ? Quand ce dernier lui était fidèle, quand il l'adorait et observait exactement ses commandements tout lui prospérait. Le méconnaissait-il, l'oubliait-il, s'adonnait-il aux vices ou au culte des idoles, des fléaux de toutes

sortes venaient le frapper. Les Philistins et les Ammonites
se liguaient entre eux, ravageaient ses champs, ses moissons et détruisaient ses villes ; il était battu, taillé en pièces
jusqu'à ce que, se repentant de ses fautes, et reconnaissant
ses crimes, Dieu lui eût fait miséricorde. Car ainsi parlait
l'Éternel à son peuple : « Si vous marchez selon mes
statuts, si vous observez mes préceptes, je répandrai mes
pluies dans leur temps, la terre donnera son rapport, l'arbre
des champs son fruit, vous mangerez votre pain en sûreté, vous vous coucherez et nul ne vous effraiera ; vous pour-
suivrez vos ennemis et ils tomberont devant vous ; je main-
tiendrai mon alliance, je serai à votre tête, je serai votre Dieu
et vous serez mon peuple. Mais si vous ne m'écoutez pas, si
vous méprisez mes statuts, voici ce que je ferai : Je tour-
nerai ma face contre vous, vous serez battus devant vos
ennemis ; ceux qui vous haïssent domineront sur vous ;
je briserai votre orgueil, je rendrai vos biens comme du
fer et vos terres comme de l'airain ; j'enverrai la peste
parmi vous, vous mangerez et ne serez point rassasiés, je
ne respirerai pas l'odeur de votre encens, je détruirai vos
hauts-lieux, je ruinerai vos villes et vous disperserai parmi
les peuples. » *(Hist. sacrée.)*

Et ce Dieu éternel, maître absolu de toutes choses, a
bien droit à la soumission et au respect de ses créatu-
res. Pourrait-il, lui qui est la justice par excellence, agir
différemment vis-à-vis de nous, qui sommes aussi son peuple chéri, lorsque, comme les Hébreux, nous l'oublions,
nous le méprisons et le blasphémons ; lorsque, nous nous
montrons les prévaricateurs de ses statuts et que nous
nous livrons aux vices et à la corruption du cœur ?

Quand avait-on vu, en effet, ce que nous voyons de nos jours ? Ces réunions publiques proclamer l'athéisme et le matérialisme en face de l'univers ; ces sociétés bachiques célébrer, par mépris pour Dieu et la religion, l'anniversaire du sacrifice sanglant de notre Seigneur Jésus-Christ sur la croix, par des orgies, des banquets joyeux et publics avec mets recherchés et défendus.

Quand avait-on vu ces sociétés de libres penseurs sacrifier leur temps et leur argent afin d'écarter le nom même de Dieu des enseignements scolaires ; de priver l'enfance du baptême, d'éloigner la jeunesse de ses devoirs religieux, de refuser aux mourants les secours et les consolations de la religion, et d'acheter leurs corps après leur mort pour les conduire à leur dernière demeure, comme de véritables animaux à la voirie, sans croix, sans prêtre et sans prières.

Ces impies s'efforceraient de détrôner Dieu s'il était accessible ; ils oseraient même élever une tour de Babel pour aller l'attaquer jusque dans son royaume céleste. Aussi, dans leur fureur, s'en prennent-ils à son représentant sur la terre qu'ils voudraient anéantir ainsi que la religion dont il est le chef ; afin que, cessant de leur reprocher leurs crimes, ils pussent se livrer impunément à la corruption de leur cœur.

Insensés ! Le Pape et la religion n'existeraient plus ! Et ensuite...? Ensuite, vous ne pourriez vous soustraire à la justice de Dieu : mais son œuvre est divine, en rapport avec son éternité, et elle durera jusqu'à la fin des temps.

L'histoire n'est-elle pas présente à nos yeux, pour nous

montrer les efforts impuissants des souverains qui se sont armés contre le Saint-Siége ? Depuis le sang des martyrs qui a triomphé des empereurs romains jusque aux Vendales, jusqu'à Napoléon premier, l'homme n'a pu détruire l'œuvre de Dieu. L'Église éprouvera de nouvelles luttes, mais elle sortira toujours, comme par le passé, glorieuse et triomphante. Lutter contre Dieu est courir droit à sa perte; l'homme est trop impuissant pour lui résister. N'a-t-on jamais vu la France perdue sans le secours de Dieu ? Depuis Clovis jusque à Jeanne d'Arc, l'histoire nous fournit des exemples ; mais notre orgueil l'emporte, il nous plonge constamment dans les ténèbres et nous ferme les yeux à la lumière.

La religion n'existerait plus... ensuite..? Ensuite, Dieu vous attend.

Vous avez beau le renier, le bannir de votre cœur, il vous attend... il vous attend, et le sort des anges rebelles vous est réservé. Et pendant ce temps, Dieu châtie son peuple.

Combien plus terribles encore, ne seraient pas ses châtiments, si son bras n'était constamment retenu par des prières ferventes, des sacrifices, des immolations qui s'élèvent sans cesse vers le trône de l'Éternel ! La prière fléchit le courroux de Dieu ; c'est par elle, qu'Abraham eût obtenu le pardon de la ville de Sodome et désarmé la colère du créateur, si seulement il s'y fût trouvé dix justes. Et cette prière salutaire et bienfaisante, cette prière si agréable à Dieu, les hommes veulent l'interdire et l'empêcher !

Je réfléchissais quelquefois, dans un âge moins avancé, sur l'état irréligieux et immoral de la société, et je me disais qu'il fallait, ou que Dieu fît un grand miracle pour changer les hommes, ou que nous vissions quelque cataclysme renouveler la face de la terre : car il me semblait que la justice de Dieu ne pouvait plus supporter leurs crimes. Quelques années s'écoulèrent et je lus, que le choléra asiatique avait franchi ses limites indiennes, et s'avançait vers l'Europe répandant la terreur et la mort. Ah ! voici me dis-je un fléau que tu es appelé à voir.

Et depuis lors, ce fléau n'a-t-il pas exercé plusieurs fois ses ravages ? N'a-t-il pas été accompagné ou suivi de tous ces autres dont nous sommes affligés et dont nous nous plaignons ?

Et quelle différence de cette époque à celle d'aujourd'hui, où les vices, les impiétés, le dévergondage des mœurs semblent avoir atteint leur apogée, au point de rendre nos villes semblables à de nouvelles Babylone. Aussi voyons-nous que la justice de Dieu, s'exerce plus rigoureusement et qu'aux maladies qui fesaient des centaines de victimes, s'est jointe la guerre qui en fait des milliers.

Voudra-t-on enfin ouvrir les yeux à la lumière ?

Il y a vingt-quatre ans environ, que la Vierge apparut à deux jeunes enfants sur la montagne de la Salette, pour prévenir les hommes des châtiments qui les menaçaient. La relation de cette apparition fut écrite aussitôt, et je lus, que la sainte Vierge avait dit aux jeunes bergers qui ne la connaissaient pas : « Les pommes de terre se gâtent, n'est-ce pas mes enfants? « Oui madame répondirent ces derniers.

Eh bien! reprit-elle, si les hommes ne reviennent pas à Dieu, elles continueront à se gâter ainsi que les noix ; les raisins pourriront avant d'atteindre leur maturité, les petits enfants mourront et puis le ver rongera le blé et il y aura la famine » .

Ainsi que tant d'autres, je n'ajoutai pas foi entière à ce miracle. Il me semblait impossible que les raisins n'atteignissent pas leur maturité ordinaire, que les noix et les pommes de terre dussent se gâter, car jamais l'on n'avait ouï dire pareille chose.

Cette année-là, par exception, il y eut une telle abondance de raisins, que les agriculteurs eux-mêmes, ne savaient où loger leur vin. Il valait à peine un franc l'hectolitre et beaucoup ne se donnèrent pas la peine de cueillir toute leur récolte. J'ai même ouï dire, que certains propriétaires qui fesaient bâtir avaient employé du vin à leur construction, parce que, le vin était chez eux en plus grande abondance que l'eau. Ne semblait-il pas en effet, que Dieu disait aux hommes, comme autrefois durant les sept années de fertilité d'Egypte : Faites provision, car je vais désormais vous en priver ?

Mais quel ne fut pas mon étonnement quand l'année d'après, j'entendis dire qu'une maladie inconnue atteignait la vigne, et que les raisins se gâtaient. Je me souvins alors des révélations de la Salette qui avaient attiré mon attention, et vis effectivement que cette calamité avait été prédite, je révoquai alors mes doutes, et y ajoutai foi.

Et celles relatives aux pommes de terre et aux noix, n'ont-elles pas eu leur effet ? Je sais des départements qui ont éprouvé des pertes considérables.

Dieu fasse au moins que nous soyons exempts des dernières menaces, qui n'ont pas eu encore leur accomplissement.

Après ces paroles prophétiques, la sainte Vierge donna à chacun des enfants un secret, pour le transmettre au chef de la catholicité, au Pape, qui se serait écrié en l'apprenant : *Pauvre France* ! mais l'Italie est aussi bien coupable. Ne verrions-nous pas dans les malheurs qui nous menacent, l'accomplissement de ces paroles ? Hélas ! je le crains bien.

Quel serait donc le remède à apporter à tant de maux ?

Puisque la diplomatie, la médecine et les sciences agricoles sont impuissantes devant ces fléaux surhumains et n'y entendent rien, le seul remède, à mon avis, est de recourir à Dieu qui en est l'auteur et qui nous les envoie. Le seul remède dis-je, est d'apaiser la colère de Dieu par l'aveu de nos fautes, de bannir le vice de notre cœur, de nous humilier devant lui, reconnaître sa puissance infinie indignement outragée, de le supplier, en un mot, d'avoir pitié de son peuple. Dieu alors, comme autrefois chez les Hébreux, répandra ses pluies dans leur temps, la terre donnera son rapport et l'arbre des champs son fruit ; nous mangerons notre pain en sûreté, nous poursuivrons nos ennemis, et il maintiendra son alliance avec nous. Avec Dieu tous les maux cesseront, avec lui la prospérité renaîtra plus grande que jamais.

Lorsque nous sommes atteints de quelque malheur ou que nous avons quelque grâce à demander, à qui nous adressons-nous? N'allons-nous pas auprès des personnes compétentes, pour leur exposer nos besoins, et recourir à leur générosité? Lorsque nous avons quelque faveur à solliciter, n'allons-nous pas directement ou indirectement nous adresser aux autorités, telles que celles des maires, préfets, ministres etc. ? Nous savons bien recourir à elles, exposer ces besoins ou adresser nos plaintes. Eh bien ! pourquoi hésiterions-nous, en pareilles circonstances, d'adresser à Dieu nos supplications et nos prières? Pourquoi ne nous adresserions-nous pas à lui, par l'intermédiaire de ses représentants sur la terre, et nous verrions la cessation de tous nos maux.

Bien loin d'agir ainsi, nous méconnaissons le bras qui nous frappe ; au lieu de nous soumettre à Dieu, nous l'offensons, nous le méprisons et le blasphémons toujours davantage.

Que l'on ne vienne pas dire qu'il y a des athées de bonne foi. J'ai connu dans le temps un homme, d'un âge assez avancé, qui depuis sa jeunesse fesait orgueil de nier l'existence de Dieu. Un jour, ennuyé de voir la persistance de la pluie, il prit son fusil et le déchargea dans les nues, comme pour se venger de Dieu qu'il blasphémait avec colère. Eh bien! cet homme-là était-il un athée ?

Mais ce n'est point cela, on nie l'existence de Dieu, pour ne pas observer ses lois, (car les passions seraient trop gênées.) Mais quand il s'agit de le blasphémer, de le maudire ou l'offenser on reconnaît alors son existence.

Et puis n'est-il pas juste, que nous subissions les châtiments dus à nos crimes ?

Autrefois, par l'ordre de Dieu, Jonas alla prêcher la

pénitence aux habitants de Ninive : « Si vous ne revenez à Dieu, dit-il aux Ninivites, dans quarante jours votre ville sera détruite. » Tous crurent à sa parole, et Ninive fut épargnée. Si de nos jours des envoyés du Seigneur, venaient comme Jonas nous prêcher la pénitence, comment seraient-ils reçus ? On les maltraiterait, on les insulterait, on se moquerait d'eux et on les chasserait. Et Dieu serait contraint, dans sa justice, d'exercer sa vengeance.

Mais, il me semble vous entendre dire : Le voilà encore avec son Jonas et sa Bible, avec son conte de la Salette. Tout cela est ridicule et suranné ; qui peut donc y croire aujourd'hui ?

Je vous répondrai, mon cher ami, pourquoi ne pas croire à cette histoire la plus ancienne du monde, à laquelle tous les peuples ont cru, lorsque vous admettez celles des Grecs, des Macédoniens, des Carthaginois et des Romains ? Lorsque vous admettez un Cyrus, un Philippe de Macédoine, un Alexandre, un Annibal, un Scipion l'africain ; lorsque vous admettez, dis-je, ces hauts faits d'armes, ces actions d'éclat et d'héroïsme dont il est parlé si souvent dans l'histoire profane, et que personne ne révoque en doute. Encore, si les faits rapportés par la Bible n'étaient pas de temps à autre corroborés et confirmés par de nouvelles découvertes ; mais tout ce que l'on découvre de nos jours, se trouve conforme à son récit.

Ainsi donc, mon cher ami, revenons à Dieu si nous voulons la cessation de nos fléaux ; revenons à Dieu si nous voulons que la France jouisse de son ancienne splendeur.

Voilà le seul remède à tant de maux, et c'est un remède vraiment efficace. Usons-en, car le temps presse.

Sous le règne d'Achab, roi d'Israël, Elie pria et, après trois années et demie de sécheresse, Dieu fit tomber sur la terre une pluie abondante et féconde.

Clovis pria le Dieu des chrétiens ; il arbora l'étendard de la Croix, et remporta sur les Allemands l'éclatante victoire de Tolbiac.

L'évêque de Belzunce pria, et la peste qui ravageait Marseille disparut subitement.

Ainsi, je le répète : revenons à Dieu et prions.

Voilà, mon cher ami, ma manière d'envisager les choses ; j'espère m'être suffisamment rendu à vos désirs, vous avoir donné une solution satisfaisante. Mais dans le cas où je serais de nouveau en contradiction avec vos principes, j'espère bien que cela n'altèrera en rien notre ancienne et bien vive amitié.

15 mars 1871.

MON CHER AMI,

J'ai reçu, il y quelque temps, la lettre que vous avez bien voulu m'écrire à la suite des réflexions et de l'opinion que j'ai eu l'avantage de vous communiquer par ma lettre du 25 septembre 1870, sur la véritable cause des maux de toutes sortes qui nous accablent. J'ai différé d'y répondre pour attendre le résultat de la guerre qui s'annonçait désastreux pour la malheureuse France, en connaître les suites et pouvoir en tirer de nouveaux arguments en faveur de mon opinion et de ma conviction.

Je commencerai par vous témoigner la satisfaction que j'ai éprouvée à la lecture de votre lettre. Bien que vous n'adoptiez pas complètement mes idées, loin de vous moquer de mes sentiments, j'y vois que vous avez réfléchi sur mes observations et que vous ne repoussez pas entièrement l'intervention de la divinité dans l'affreuse situation où nous nous trouvons.

Cette situation, bien triste à l'époque où j'ai eu le plaisir de vous écrire, est devenue bien pire aujourd'hui. La France, jadis si florissante, si considérée et respectée des autres nations, subit en ce moment la loi et le joug du barbare vainqueur. Elle est ainsi punie dans son orgueil par la plus grande humiliation ; dans sa soif de l'or, par des sacrifices pécuniaires énormes, par la ruine de milliers de fortunes ; dans sa dépravation, par la destruction de tant de monuments, de partie de villes, de villages entiers ; dans son mépris pour la loi de Dieu, par ce nombre incalculable de victimes dont le sang a inondé le sol de notre malheureuse patrie, et qui a jeté dans le deuil un si grand nombre de familles. Elle était alors aux prises avec nos ennemis qui lui fesaient subir des défaites continuelles, aujourd'hui elle a tourné ses armes contre elle-même, et elle achève de s'ôter le reste de vie que ses ennemis n'ont pu lui enlever. Après la guerre avec l'étranger, rien de plus affreux que la guerre civile : elle peut faire disparaître la France du rang des nations.

Et quelles atrocités ne se commet-il pas dans cette lutte fratricide? Incarcérations arbitraires, massacres, assassinats, fusillades sans motifs ni jugements, pillages, dévastations, ruines, assouvissement enfin de toutes les plus viles passions. Et cet assouvissement s'exerce principalement et tout d'abord contre la religion et ses ministres, contre les ordres religieux et les établissements charitables, c'est-à-dire, contre tout ce qu'il y a de plus inoffensif, contre tous ceux qui, par l'efficacité de leurs prières incessantes, peuvent plus sûrement apaiser la colère de Dieu.

Depuis ma dernière lettre, la France a été aussi plus

rudement éprouvée par la variole, l'épizootie et par les rigueurs excessives d'un hiver extraordinaire. Elle est menacée plus sérieusement par le phylloxera, par le choléra foudroyant qui a déjà atteint Saint-Pétersbourg, où il fait journellement quantité de victimes, sans épargner les membres de la famille impériale.

Avouez, mon cher ami, que tant de calamités qui fondent encore sur nous pour aggraver nos maux occasionnés par les désastres dont nous espérions toucher à la fin, sont bien capables de nous faire réfléchir sérieusement, et comprendre enfin que nous devons recourir à la divine Providence, la prier de nous pardonner nos fautes, et la supplier de nous délivrer de tant de maux, car, il paraît que la justice de Dieu n'est pas satisfaite encore, tant doit être grand le nombre de nos crimes, tant ils doivent l'avoir irrité contre nous!

Si nous nous obstinons à méconnaître la Providence, et à ne pas vouloir recourir à la miséricorde de Dieu, à qui pourrons-nous nous adresser ; en quoi pourrons-nous espérer de la part des hommes ? Qui pourra apaiser la violence de leurs passions et les éteindre ; qui pourra leur donner ces sentiments de la véritable fraternité que, seule, la religion chrétienne inspire ? Qui pourra rétablir le cours et l'influence régulières des saisons, rendre la fécondité à la terre, faire cesser toutes les maladies épidémiques ou contagieuses, calmer nos craintes, nos inquiétudes, nous donner le repos de l'esprit, la paix du cœur et la véritable liberté ?

Le Seigneur a dit : «Demandez et vous recevez : tout ce

que vous demanderez à mon père en mon nom vous sera accordé, » et il nous a enseigné la prière. Il veut donc être prié et nous accorder ce que nous lui demanderons. Ranimons donc notre foi et usons de la prière avec confiance.

Ce n'est point en niant son existence que tout l'univers proclame ; ce n'est pas en le méprisant et en le blasphémant, lorsque toute créature devrait chanter ses louanges ; ce n'est pas en le réléguant dans l'immensité des cieux comme un être insouciant et inutile, alors qu'il dirige tous les événements et qu'il n'arrive rien sans sa volonté ; ce n'est pas en lui déclarant la guerre dans la personne de son vicaire et de ses représentants sur la terre, et en outrageant et persécutant sa religion divine et ses fidèles adorateurs, tandis que nous devrions les honorer, les respecter et leur obéir, que nous réussirons à cicatriser nos plaies, à guérir nos maux et à rendre à la société le calme, la prospérité, le bonheur et la vie. Bien loin de là, ces révoltes contre Dieu nous précipitent dans cet abîme de malheurs où nous gémissons et d'où nous ne pourrons sortir que lorsque nous reconnaîtrons notre dépendance de Dieu, nous bénirons son bras qui nous châtie, et que nous implorerons sa miséricorde infinie.

C'est donc avec un peu de foi et de saine raison que l'on peut expliquer bien des choses, découvrir la véritable cause des événements surnaturels et le remède que l'on doit appliquer à ceux qui nous affligent et nous plongent dans la souffrance.

Mais, aujourd'hui le flambeau de la foi n'éclaire plus la généralité des hommes ; la folie a remplacé la saine

raison ; la justice et le droit ont cédé à la force et à la violence ; les vices et les passions ont fait disparaître la vertu
et brisé les liens de la famille et de la société ; l'immora-
lité a détruit les sentiments religieux, et le démon règne
sur la terre maudite à la place de Jésus-Christ, qui saura
bien le détrôner quand sa justice sera satisfaite par l'expia-
tion et la prière.

Voilà encore, mon cher ami, quelques observations que
je soumets à vos réflexions, en vous priant d'agréer la
nouvelle assurance de mes sentiments affectueux et dévoués.

30 mai 1871.

MON CHER AMI,

Je bénis Dieu de vous avoir éclairé et fait reconnaître que, sans admettre l'intervention de sa providence, bien des événements ne peuvent se comprendre et s'expliquer par les simples raisonnements naturels. Si cependant il vous restait encore quelques doutes, les faits déplorables qui viennent de s'accomplir d'une manière si barbare sont bien faits pour les dissiper entièrement. Au moment où j'eus le plaisir de vous adresser ma dernière lettre, le plus terrible des fléaux, la guerre civile, commençait à déchaîner ses horreurs ; aujourd'hui, elle a cessé; l'ordre a vaincu le désordre.

Si nous considérons les causes, même naturelles, qui l'ont amenée, la nationalité des combattants, l'acharnement et la désespoir avec lesquels elle a été accomplie, et les suites désastreuses qu'elle entraîne, il nous est impossible de ne pas reconnaître que cette guerre fratricide, sans exemple dans l'histoire, porte le cachet visible de la colère de Dieu contre une nation malheureusement trop coupable.

En effet, après tant de victimes couchées sur les champs de bataille dans la guerre contre l'ennemi ; après tant de ruines, de larmes, de souffrances qu'elle a occasionnées, des Français, en proie à toutes les plus mauvaises passions, tournent contre la France, elle-même, les armes qui leur avaient été confiées pour combattre l'ennemi et défendre la patrie envahie, et ils s'entrégorgent avec tant d'acharnement que leur barbarie renchérit sur celle des sauvages. C'est la guerre du désordre contre l'ordre, du vice contre la vertu, de l'impiété contre la religion, du démon contre Dieu.

Ces hommes, agités par l'esprit infernal, à qui ils ont voué leur cœur corrompu par cette philosophie athée qui, depuis deux siècles, exerce ses ravages dans le monde; par ces livres impies, tels que celui de Renan, qui de nos jours, a, le premier, osé attaquer la personne adorable de Jésus-Christ ; par ces journaux et ces pamphlets obcènes qui pullulent sur toutes les places publiques dans le but de détruire tout reste de principes moraux et religieux dans le cœur des lecteurs, qui, déjà égaré pour la plupart, en font avec avidité leur pâture journalière. Ces hommes, dis-je, réduits à l'impuissance et ne pouvant plus satisfaire leur méchanceté et leurs viles passions, ont entassé cadavres sur cadavres, ruines sur ruines, et répandu le sang généreux de tant de victimes innocentes qu'ils ont impitoyablement sacrifiées à leur fureur, avant de mettre bas leurs armes, et que Dieu a exigées encore pour mitiger sa colère.

Et remarquez, bien cher ami, que c'est dans le mois de mai, mois dédié à la Vierge Marie, et pendant lequel cette protectrice spéciale de la France reçoit de la part des fidèles des témoignages plus nombreux de leur affection et de leur dévouement, et lui adressent des prières plus ferventes, que le ciel paraît avoir adouci ses châtiments, et permis que l'armée du désordre fût vaincue, anéantie, et que la France respirât enfin sous la tranquillité renaissante. Cependant, reconnaissons-nous toujours trop coupables pour mériter que la justice de Dieu fasse ainsi tout à coup place à sa miséricorde, car il a entre les mains bien d'autres moyens de nous châtier, et prions, prions toujours.

Honneur et reconnaissance à l'Assemblée nationale qui, la première, sortant de l'indifférence en matière de religion, habituelle aux grands corps de l'Etat, n'a pas craint de demander des prières publiques pour apaiser la colère de Dieu, reconnaissant ainsi officiellement que les calamités que nous endurons sont des fléaux de sa justice. Elle a compris que les gouvernements athées ne pouvaient s'appuyer que sur des forces humaines et que toute force humaine, sans le secours de Dieu, n'est que faiblesse et impuissance.

Cet exemple donné par nos honorables représentants portera ses fruits. Comme eux le peuple réfléchira, il élèvera ses pensées vers le ciel et lui demandera secours et délivrance ; et alors, les ouvrages religieux et moraux, trop dédaignés aujourd'hui, remplaceront dans le goût d'un grand nombre de lecteurs ces écrits impies et scan-

daleux dont ils nourrissent par passion leur esprit et leur
cœur.

O Paris! Paris! capitale des capitales du monde, ville
splendide et luxueuse, tu as été bien orgueilleuse et bien
coupable. Tu étais devenue le centre du désordre euro-
péen, le foyer de l'incrédulité, de l'impiété et de tous les
vices. Comme dans Babylone, tous les mauvais penchants
se donnaient rendez-vous dans ton sein et débor-
daient les sentiments généreux et pieux de la partie
saine de ta population, aussi, qu'est devenue ta magni-
ficence? Où sont tes promenades enchanteresses, tes monuments admirables, tes édifices somptueux et toutes les
richesses immenses qu'ils renfermaient et qui y avaient été
péniblement réunies par un travail et des sacrifices im.
posés à plusieurs siècles? Que sont devenus la plupart
de tes enfants? Que les lamentations du prophète Jérémie sur la coupable Jérusalem te seraient aujourd'hui
bien justement appliquées! Comme contre cette ville
déicide, la vengeance de Dieu, irrité depuis trop longtemps, s'est enfin exercée avec rigueur contre toi en par-
ticulier, et en te frappant, toute la France, dont tu es
la tête, est frappée et humiliée avec toi. Oui, la charrue
sillonne aujourd'hui tes places vides de leurs ornements,
le sol de tes monuments admirables dévastés par la dé-
molition, et ces rues alignées entre des constructions
luxueuses devenues la proie des flammes : et les nations
étrangères, qui accouraient pour admirer tes merveilles,
ne trouveront plus dans ton sein que ruines, dévastation et
mort. Tu n'as pas été jugée digne de périr, comme Sodome

et Gomorrhe, par le feu du ciel, pas même par celui des ennemis. Il a fallu que tu périsses, avec plus d'humiliation encore, par les mains de tes propres enfants.

O Paris ! nous souffrons plus encore de tes maux que des nôtres, car ta désolation est la nôtre, c'est celle de la France entière.

Aussi écrions-nous avec Jérémie : Seigneur, souvenez-vous de ce qui nous est arrivé ; voyez et considérez dans quel abîme d'opprobre nous sommes tombés, nous, la première nation du monde!

Jérusalem ! Jérusalem ! convertis-toi au Seigneur , ton Dieu.

C'est dans cette espérance, mon cher ami, que je vous communique encore ces dernières réflexions, et que je vous prie de croire à ma constante et sincère amitié.

Aix, Imprimerie J. Nicot, Cours, 55.